歌集

ひすいの時間

寺島博子

角川書店

ひすいの時間　目次

装幀　片岡忠彦

歌集　ひすいの時間

寺島博子

あはき影

吹かれきてわれに溶け込みさうなほど飛びてあやふし蝶もわたしも

飛ぶ揺れるそしてやうやくしづまれる朝のひかりを手のひらに受く

少年に射し込む光にあはき影ひかりはハラスメントを知らず

屋根にゐて鴉の二羽の保つ距離右大臣《みぎのおとど》と左大臣

大切に心を包みておくがよい延喜元年の梅花の声す

むらきもの心は水をふくむゆゑ雛罌粟少女さみしく笑まふ

まろきほぞ晒せる菩薩裙《くん》と呼ぶ巻きスカートのごとき身につけ

湯船にてふともやさしむわれの身にかつては卵《らん》をいだきし時間

いづこかのZoomの会議にまじりゐむ藤原時平ざんげんの貌

八塩折《やしほをり》の酒のごとくに日を重ね在らむと思ふ怒《いか》るに遅く

気脈まだ通じてゐるや松の葉の針の先より雨のしづくす

飽くといふ心の節目もちながらさくら咲いたらなべて一から

迦楼羅のさわぐ

西域を産土《うぶすな》とせる石榴にて宝玉ほどの赤を花とす

競《きほ》ひたるよはひ過ぐるも激しさを言葉に求むホモ - ロクエンス

雨となるまでの時間を梔子はしづかに放つみづからの香を

あら草を引き抜きながらしめりもつ土の鼓動を手のひらに聞く

祖母のゐて古くて広き夏の家われらつどひき翅をたづさへ

森にては大透翅《おほすかしば》のわれならむ灯りを消して雨の音聞く

手仕事をいとふことなく為しし祖母こまやかにして近代の手よ

近代の自我の果てなき夜《よ》の空をゆけりペルセウス座流星群

ネットへと自《し》が真実を上げてゐる二十一世紀の手ひしめきあへる

偽りなき言葉とは何、真実に近き言葉といふはあれども

外光の遮られたる部屋であるわれの内なる灯りを頼む

もののよく見ゆる齢《よはひ》かされどまた疲れやすしとまなこを洗ふ

ひと仕事終へたるあとの透きとほる時間を愛す燠をしづめて

わらわらと颪いできたり石笛《いはぶえ》もそれを吹くくちびるも颪のなか

後味のわろき夢なり骨肉の芯を掠《かす》めて朝のさへづり

夭折の人に思ひを馳せるとき胸にきたりて迦楼羅のさわぐ

しばらくをあふぎゐつ樹の花ながめこの身を花の墓原《はかはら》となし

あをあをと水を湛へた運河へとなりたくて聴くフレディ・マーキュリー

貌

ものの名を記憶のなかから引きいだし自らを深くいとほしむ母

鳴神と怖れきたれどもう母の耳おどろかず夜のいかづちに

三毛猫を撫でる少女のわがまへに姿を見せる母の奥から

大き鳥飛び立ちてゆきふたたびは閉ぢることなきわれの心の

もういいかいもういいよといふ唇の動きを見せゐき死のまへの日に

かたはらにわれのをれどもわが母は空《くう》に晒せりさみしきかほを

まだ体はほのかに熱を保ちをり責むる言葉をわれに残さず

ルオー描きし「キリストの顔」わが胎に形を成さぬ蒼《あを》の凝《こご》れり

ひたすらに見らるるのみの死の貌《かほ》をわが整へむみ母のために

父のまだいましころのふくよかな貌をみ母の遺影に選ぶ

かぎりなく思ひのひしめきあふごとし窓のうつしてゐるわれの貌

細道をわれに向かひてきたるとき凶器かと思ふ蜻蛉《せいれい》ひとつ

匂ひ濃く七つひらきたるカサブランカ八つ目を黄泉に咲かせてをらむ

黄揚羽の飛ぶ

人の目に触れざる野へと放ちたる馬を呼び寄すゆふべの胸は

ギリシアのうつはに描かれ若ものの三千世界に弓をひく腕

晩年に心と体の年齢のかみあはざるを告げたる父よ

風かよふ道をこの世にゐぬ人にぶつかりながら黄揚羽の飛ぶ

雨音の奥のはうからあらはるる顔にやさしき目鼻を与ふ

ずぶ濡れになるをいとはず偶数の頁を力強く行くひと

母の亡き日日を過ごせるわれに来よ漆黒の揚羽ことばのごとく

朱をさらしゐき

貫之の筆《ひつ》と伝はる「寸松庵《すんしようあん》色紙」の文字《もんじ》はなびらのやう

王朝に女房文学うまるるまへ『土佐日記』に見る両性具有神《ヘルマフロディトス》

海賊をおほいに怖づるも襲はれず紀氏の力をひそかに感ず

舟の旅つづりし日記いまの世に至れるも長き旅のひとつか

文字を追ふわがしゝむらに濃く深く木菟《づく》の啼く闇また啼かぬ闇

厚き皿のおもてをよごしつついさつき富有柿その朱をさらしゐき

紺青のしづくしたたりさうな空ちちを失くして母を喪ふ

言ひ尽くすかはりにこころ満たされてつぶら実の目に迫る極月

銀の箔

冷たしと今朝は感じる水にして常よりつよく顔を意識す

下草のすでに末枯れて地の神は空へと託す菫のいろを

仰ぐときまなこにもつとも逞しき傍観者として冬空のあを

午後の陽の深く射し来て亡き父にわが未生の日の表情うかぶ

水涸れの川の底ひに立てる樹の孤影さみしき時間を湛ふ

ラピス - ラズリの色となる空幻《そら》影をもたざれば人は生きがたからむ

取りに行き深みにはまりてしまひたる囲碁に視てをり生のごときを

生きものの白眼で見るは人間のみ然《さ》れば若冲の鳳凰もせり

窓を打ち時雨きたれり銀の箔じかんのところどころにひかる

まどかにて白くうるめる月生まる音の止《や》みたる空のまほらに

わが父の若子《わくご》のころに手にとりし万華鏡のなか歩みてみたき

わだかまりほぐれゆくとき寒菊にとほき記憶のやうなるつぼみ

をりをりに浅き知恵など見せながら一匹のけものの冬を越さむとす

古き書に差したる月が古き書のなかに臥《こ》やせる人を照らしつ

深くただ深くおのれに潜《もぐ》らむと灯りにかざす葡萄酒の盃《はい》

鳥毛立女《とりげりふぢよ》によく似たかほの鳥の来てはなやかとなるあかときの夢

ひと冬の青を保てる石蕗のおほき葉のうへひかりの積もる

大正をのこ

情念をもつものの音らくえふのはさと音たつ落葉《らくえふ》のうへ

どれくらゐ視線を待ちてゐたのだらう死者おもひつつ木肌に触れる

落葉のすこしく沈み足裏にこの世いとしめと感触つたふ

まぼろしの酒米と聞く八反草《はつたんさう》そのやうにあれ心に種の

身じろがず背筋を伸ばし日暮まで欅の幹のなかに立つひと

たたなづく青垣の書棚にて知りぬ義父の谷崎・鏡花贔屓《びいき》を

現実と浪漫に足を踏み入れて影の濃かりき大正をのこ

隠り世にいます月日の重なりて夫の親御《おやご》もわれのちちはは

噂には左右されたくなけれども耳かたむける風の便りに

地にひくくひつそりと咲く花よりか聞こえてきさう語り部のこゑ

こゑ過《よ》ぎる陸軍中野学校出と聞かされしこと思ひゐる夜

異国にて三人称の人生さへ送れたらうこの地に生きた義父

会はざれば深き井戸へと月明り差し込むやうな時間に塗《まみ》る

走る花びら

外つ国の人も御堂のまへに立ち手を合はせをり春、豪徳寺

これの世の命を終へられ天上に召されし魂《たま》とかうべを垂れる

陽に風に揺るる緑の境内に声はとほれりちひさきものの

風の吹くたびに波うちぎはとなるみ寺の土を走る花びら

見る間《ま》にも雲の移ろひ彼方へと引かれてゆけり鳥の鋭《と》きこゑ

日を呑みてあかがねいろに雲の群る後世《ごせ》の空よりはみ出してきて

青樹の消ゆる

広げたるばかりの掌《て》にて風をとらふ椿若葉の覚束無さよ

古代詩のなかなる若きししむらに黄金色《わうごんしよく》のひかりは及ぶ

伐採の音ひびくなりまたひとつ星を宿さむ青樹《せいじゅ》の消ゆる

一日のひかりの刻《とき》をすでに過ぎ草生に両のまなこ休らふ

苦しみに大小あるも上下なし私事《わたくしごと》の苦《く》を言ひたまへ

にんげんの言語やリズムをつかさどる左脳と右脳またスマホ脳

辛辣な言葉を敢へて選びつつ諭してくれたる声をたふとぶ

装飾の濃き話には距離を置くわたしがわたしと向き合ふ折りに

とうめいの鈴を鳴らして飛ぶつばめ記憶はときにひかりを曳けり

ブラウスの胸元深くはひりこむ声のやうなり朝の空気の

涼風に如意輪観世音菩薩きびしき表情の緩ぶときあれ

面影を見いだすよろこび母はけふ卯月なかばの紫木蓮にて

亡き人のたましひ無色透明の糸にて編まれひかりに混じる

いくつもの枝の分かれを乗り越えてこの枝先と決めて咲く花

まだ願ひかなへぬうちに葉桜の道に願ひはいろを変へゆく

夏風邪の癒えたるらしもをさな児の電話の声のけふは明るき

葦原

夏のあさ葦原は若き母の胎すこやかに風をはぐくむところ

おのが身を晒してゐたり葦群はひかりと風のもみあふなかに

たちまちに照り翳りせる葦原の暗めば次のまばゆさを待つ

葦の葉の先にとまりて休らへる死者のたましひにも重さあり

まぼろしのごとく立ちたる鄙の市あをきもののみあがなひに行く

メドゥサの胴より生まれしペガソスと思ふにつくづく母であるわれ

鳥獣の名まへひしめく星の夜かなしみ深き声と向きあふ

中将姫の手

いにしへを引き寄せながら吹く風に髪をすべり落つ粗きひかりが

蓮糸で織りし手いかなる大きさか天平宝字の中将姫の手

青のいろ深くいだきて鎮もれる湖《うみ》をもちゐしをみななるべし

ひと匙の量のいつはり伝承をこのうへもなくうつくしくする

曼荼羅を抜けいでて飛行《ひぎやう》せるほとけ暗き脳《なづき》の宇宙を照らす

柔和なる怒りこそ真におそろしと誰か翁の姿にて言ふ

葛城の一言主神《ひとことぬしのかみ》ほどに言《げん》みじかかりき晩年の父母

胎蔵の大地にほんのすこしだけ土をたまはり緑はぐくむ

金剛の智恵を頼みてきよらかな蕾つけよと枝先に触る

手を合はせ祈れるところ変幻に自在にみほとけほほゑみたまふ

〈らしさ〉といふ言葉の苦《にが》さ精神のアンドロギュノスたらむわたしも

手紙書きたし

日時計の黄金《きん》の時より身に相応《ふさ》ふ月の時計のしろがねの時

若き日のいさかひはなべて靄のなか思ひいだすに神がみわらふ

いのちからいのちへと火を継ぎゆかむ思ひに語るをさなきものと

三色に胡蝶菫《パンジー》咲けりちひさなるけものにあらばいかなる声か

消えゆくも愉悦なるべし水の輪の触れあひたりと見る束の間に

新たなる心に生きむといくたびか思ひたりつねにはつなつのころ

見つむるは祈りの碇を下ろすことベツレヘムの星うすあをき花

夏野菜くるまむとする新聞紙に二十日《はつか》経てまた読むパレスチナ

胸痛き事件なれどもその一つひとつに必ず人間がゐる

人のもつ奥深さまた怖ろしさから逃れ得ずにんげんのわれ

われといふ人格《ペルソナ》の底に拡がれる奈落に対《むか》ふまなこをつむり

雨に聞く雨のにくせい風に知る風のにくせい汗ばむ夜に

神経にまとはりつきて這ひまはる蔦の蔓われを一木《いちぼく》となす

ししむらや声もちはじめをみなにもをのこにもなる水無月の雨

ひたぶるに命尽くさむ無限花序咲ききるまでの時間有限

あぢさゐの毬に住まへる童子らのよろこびさうな手紙書きたし

梨花

はつなつの風のあしたの喩となさむ髪ゆはきたる少女の白耳《はくじ》

梨の花ほどにさみしくほほゑみてその人は梨花《りくわ》を棲み処となせり

花びらの白く散り敷き鬼神《おにがみ》のなづきのなかを巡れるごとき

「新しい女」と言はれし青鞜派うしろのしやうめん探さむとしつ

高層の街にゆふぐれひらかるる雨傘ひとりひとりの蓮華

雨となるだけでも翳る人心を草わらひゐむ顔無きわらひ

よく冷えた果実の内なるemotion われはいただく慎みながら

身じろぎもせず地の上にゐし蟬の死してもつとも死に近く在る

われのみの知るわが心されどまた人の想像する我もわれ

鈴懸の葉のさみどりをあふぎゐる少女のうちより羽化するを待つ

菜を茹でる湯気にみどりの深まれる生の簡潔まだ子に告げず

憎しみや怒りにとほくみづからを忘れて浸る空黄昏《くわうこん》に

「新しい女」と言ひしは百年前いまなほ上書き入力つづく

一つだけのさよなら

みどり濃くオリーヴに実の生《な》るあした旧約聖書の空のひろがる

渾身の青といふべしひしひしと朝《あした》の空を埋めつくす青

摘みてきて水に洗ふによそ行きの顔となりたり茗荷のいくつ

おのが身に悲しみごとのありたりや虹のかかれる空と告げ来つ

体調のすぐれずと娘《こ》に告げられき首にちひさき痼《しこり》のありと

悲しみのすつくと立ちて待ちてをり言葉の追つてくるはその後《あと》

娘の病みてをさなをあづかるこの日ごろ良きひと夏であれと祈れり

擬宝珠のうすきむらさき前髪をゆらさむほどの風をわたせり

暮れのこる十薬の白わが胸に抗ひがたき感情の白

案じゐしよりもはるかになみなみと感情の湖《うみ》を湛へるをさな

をさな児の湖面をゆらしかがやかせひかりと風となれわが言葉

みまかりて五年の義父がをさな児の笑ひゐる声のなか生きたまふ

きみのこゑ今も心にともりたり光はなべて過去よりとどく

生検の結果が出るまで十四日いつたいいくつ木槿のしぼむ

青葉闇われに満ちゆけうちがはにさわだつものを塗りつぶしつつ

身の内に激しく揺りうごかされたる水のしづまるまで雲を追ふ

快楽《けらく》にてあらむおそらく梔子の人に知られず咲くといふこと

良性の腫瘍とやうやく判りたるむすめよ神の慈愛を思ふ

母の手に髪ゆはかれたるをさな児の白き額をなでて吹く風

さよならは言はないといふ声に聞くこの世に一つだけのさよなら

泣きつかれわれのもとにて眠る子はもうをらずただ雨の降りつぐ

草食の空

無窮なる時の流れにひと粒の真珠をなして母に忌の来る

海よりの賜りものの真珠玉つけたるにわがいのちのにほふ

祖の墓に溢るるひかりあめつちのはじめを思はせ鳥しづかなり

草食の空ひろがりて雲ひとつなき真昼間を漂鳥のゆく

艾年《がいねん》から華甲へとひた走る日日はなやかなるに近づく思ひに

土を捏ね無骨なかたちの土器《かはらけ》をつくりつづけるひと世のあひだ

灯《ひ》ともして妻の姿を見たりといふ伊邪那岐の心わが夫ももつ

うつすらとみどり芽吹ける芝はらに蹴球をせり大和のをぐな

はつなつをわたらふ風に吹かれたし制多迦、矜羯羅《こんがら》童子をつれて

梔子の咲きて幾夜か硝子戸は腹ふくれたる蛾をとまらせる

夏蟬の羽化するころにたどりつく『わたしを離さないで』の終焉《ラスト》

橙色《たうしよく》の灯《あか》りをともし死を一つひとつと咲かす凌霄花

くちびるの形を見るにたしかにも笑ふ声せり屏風絵のなか

形代となして陽に干す昨日《きぞ》の汗吸ひにし白のブラウス洗ひ

ゆふぐれの薄墨色から足首を引き抜きながら舗装路を行く

よしとする心としきりに悔やまれる思ひを呉越同舟させる

鎧戸を閉ざす夜更けに石に照る月のひかりの童子のごとき

ぬばたまの心にさへもしんと沁み白木槿咲きて辺りうるほす

杭のうへにとまる蜻蛉《せいれい》かこみつつ過去世来世の影のあつまる

服装にまよへるときにたづさへるストールのやうな母でありにし

朝まだき船出をしたしふんはりとうす紫のストール巻きて

たつぷりとしたるを選べばゆたかなる旅となるべし鞄を手にす

若狭

海の辺の宿にてうをを平らげしはたちのわれよ清き歯をもて

陸族のをみなを恋ふる海族のをのこをるべし若狭蘇洞門《そとも》に

いさぎよき生きざまと見つ上洛をいつさい思はぬ猫のまなざし

フラクタル曲線を少しだけ乱し渚をうごくわれといふ点

探しゐしきみは応へを得たるかとひかりを反《かへ》す夏の海原

ひすいの時間

胸元に飾らむとしてゆびは触る翡翠のもてるひすいの時間

むしんにて波ひからせる湖よたましひをふと洗ひたくなる

地の上に張り出してゐる太き根を階《きざはし》として湖畔にくだる

まなぶたも声ももたざる魚のゆめ銀麗湖《ぎんれいこ》の底しづもりてゐむ

小夜曲《セレナーデ》から夜想曲《ノクターン》へうつりゆくあひだに空のむらさき湛ふ

灯をともしゆくさまざまの手をおもふ湖《うみ》のほとりの窓にしづけく

しなやかな月のひかりが水のうへ這ひてゆくわが歩むかたへを

自らに負荷をかけよとほがらかに諭したまへる酒を酌みつつ

眠りたるあひだに踊りてゐし髪のなかなる魑魅と魍魎を梳く

刻刻とみづのおもてにさざ波のたちて動かす朝のひかりを

ひと足ごと吸ひこまれゆく靴の音あしもとに草は窪むを待つか

むすうといふ言葉のひびきつつしめと一粒ひとつぶ飛ぶ秋茜

けふよりのわれの歩みによきほどの風よ起これと扇をひらく

鳰の湖《うみ》のほとりの宿に泊まりしをかへりみたるに神話のごとし

何いとほしむ

晩秋に母をしのべばしろがねの、父をしたへば黄金の雨

慎みて日日を在りたし〈忍〉の字をしづかに支へるやいばのこころ

秋草の葉むらにとまりてをりし蝶とびたちたるに立体となる

不吉なる鳥の鴉をときとして生の深みに触れるがに見る

いつまでも帰り来ぬひと待つやうに秋ゆふぐれの空うつくしむ

秋深みゆく体《からだ》なり気に入りのうつはにそそぐ紅茶ダージリン

焦点のあはぬ写真のまじれるに思ひかへせりその一瞬を

晩秋の夜のしづまりに豊穣の女神ケレスを胸にいだかむ

いつになくみじかく秋の終はりたり空は雷雨をしづめて明ける

耳たぶに寒気の迫るあしたにて寒気にはありまことのひびき

ひくく差し込みてくる陽をことごとく鞣《なめ》して立てり野に墓群《はかむら》の

木の像にこまかき模様を刻みたる手のありしこと模様は伝ふ

麦酒から吟醸酒へと移るころこの世にいまさぬ人もくははる

ぬばたまの暗黒星雲、　薔薇星雲うちに拡がる酔ふにしたがひ

歩《ほ》をとめて星の夜空を仰ぎゐるをとめは白きのどもとを見せ

歳晩の月の光のふるへつつ minor key の曲を降らせる

魚らは青き眠りにつきてゐむシャットダウンの後の沈黙

おくこふと読めばとてつもなく長き時間にてわれにおくくふきざす

いましばし起きて為さむと雪いだく山を心の深くに据ゑる

みづからの心の襞をくらぐらと折りたたみては立つ冬の山

あたたかき歌声なりき新聞に小さく載れりヤドランカの死

緑葉に風のひかる日この今をいつくしまずに何いとほしむ

風をゆく心

甲高くさへづりひびきパラフィン紙のやうなる空に痛みの走る

まなかひに散りてきたれる公孫樹の葉この世を少し裏返しつつ

黙《もだ》ふかくおのれのうちを見つめよと聖母マリア像しぐれに打たる

月光の重さにすらも耐へずして散りてゆきしか金木犀の

断ちがたき思ひに過ごしし日をへだて紅《こう》おとろへず八重の山茶花

雨の音もの言ふごとく聞こえきてうつつとゆめのさかひに降れり

胸のうへに組みて眠れる両の手を夢のいづこのあたりにほどく

古語ひとつ吐き出すやうに声にして飛び去りてゆく嘴太鴉

風をゆく心は冬の果実かとあかあかとせるをおのれさみしむ

胸中をおさへて花のときを待つくさかんむりの下の雷《いかづち》

青島ビール

さんぐわつと聞きて桃花の咲きいそぐ蕊の内にはちひさき浄土

無味無量ひかり満ちたり大空の脱皮をくり返して春となる

かげろふの障子にたてるかすかなる音にもくるふ体内時計

思ひつめる心を恋といふのならこの恋ならぬか成るかをしへよ

友に手を振りて帰りてゆく少女しづくのごとき声の遠のく

直線にて来る鵯《ひよ》の声《こゑ》曲線を描きてとどくうぐひすのこゑ

わが手もて木花之佐久夜毘売の髪梳きたし柘植の櫛のやさしさ

幼き日父母とゆきにしみづうみのごとくほの照る夢の醒めぎは

蝶のみる夢のなかにも白躑躅咲きてゐるのか香りしづかに

わが洞《うろ》の形に見あふ丸木舟何処《いづこ》なりとも春の夜《よ》をゆけ

週末は天気くづれむといふ報を聞きつつ想ふ春のシチリア

旅に在る女のごとく手酌にてコップにそそぐ〈青島《チンタオ》ビール〉

首太きほど味のよしといふ山葵すこし多めにすれりこよひは

西行に西行の旅、牧水に牧水の旅、身を宿として

深く息吐きたるのちにみづからの白を砕きて牡丹の終はる

透明の小槌を誰かうちおろしたるらし今しすとんと腑に落つ

これの世の火の手、水の手、風の手の及ばざる母ゑみのおだしき

やうやくに母の遺品を整理するつまりは少しづつ捨ててゆく

たくましき芽吹きの力いつしかにおのれを領してしまふほどにも

こくびやくの森

われよりもわたしを深く知る人と若葉のにほふ樹林を歩む

風かよふ樹下をかたらひながら行く心は声にすこし遅れて

声を上げつつひたすらにのぼりゆく雲雀を探すきみの心に

帰りつく花野を恋ひたり魂魄のなかに住まへる二匹の鬼の

西空に残りてしばし夕雲は腑分けのごとくひとひらを置く

「月光」の音が耳から離れぬ夜夫《よ》と語れり樹木葬のこと

ピアノといふモノクロームを弾きながらわがこくびやくの森に入りゆく

窓枠を越える高さの樹と知りぬ真白き花を咲かせゐるとき

結論にたどりつくまで降る雨か湿りてゆけり樹の下の土

ＣＤの曲に詩篇を聴くゆふべ誰に赦しを乞ふのではなく

いますこし応へを待たむ雨を経て息ふかまれるはつなつの森

花鳥風月

わが名まへおほきこゑにて呼ばれたり父でありしか覚めて思ふに

をみなごのわれに言葉を選びつつ語りし父よ兵たりし日を

いろ褪せた写真いちまいのみに知る出征の日の母方の伯父

儚くもつよき心に哀しみを隠さむとしてほほゑみのあり

海に向く窓を開くにあまたなる伯父の眠りていまさむ異界

群立てる木賊《とくさ》を靡かせ吹く風をはるかなる世を来しと眺めつ

ししむらを去りて休らふたましひか木の実や草の花にとまりて

草木の力を信じたる父よ帰還せる途の車輛の窓に

帰還せし父を心《しん》からたふとばむ命を継ぐ子の少女となれり

懸命に兎を殖やし売りてゐし戦後史ありき祖母と母とに

玉砂利がむかしを恋ひて発したる声のごときを月下に踏めり

花鳥風月のみにてはままならぬ生《せい》されども無くば遂げがたき生

戦後を生きよ

壮年の父の骨格をしのびたり夏の日光東照宮に

玉石を踏みゆく音に甦るはるかなる世の邪心聖心

黄金にふちどられたる小宇宙巫女《すずしめ》の裾の朱のいろ冴ゆる

おぎろなき世をめぐりきて今ここに流るるるみづと淡くまじはる

悲しみの束をなす水ふとぶととせる幹の中をひたに立ちゐむ

そのよはひ百年を越す大杉よなほ長くながき戦後を生きよ

ふところにいだかれて細き道を行く山にあること忘るるまでに

彼の岸に日暮ひぐらし鳴きてゐむ死者に生者にひとしき月日

音の無き雨

夕刻を過ぎても熱のこもりゐる曇天をこともなく支へる樹

ささいなる出来事を語りあふことに互ひの存在理由《レゾン・デートル》を置く

室温二十七度と八度のちがひならむきみとわが言語感覚の差は

そのままのあなたでよいと言ひきれるわれにてありたし素月《そげつ》の照らす

何を問ひ眠りのなかまで追ひかけてくる風ならむ夜半つよまる

一片の紙とはいへど燃えつきてゆくに鋭く命あらがふ

はるかなる距離をきたりてこれの世のものに触るるまで音の無き雨

そをまるで楽しむやうに自転車にて八月の雨を帰り来しきみ

かのときのわれと和解ができさうなゆふぐれとなる白雨の過ぎて

天と地のあひだに出会ひわれら二人たがひの夢を聞きつつ生きる

沓を履かずに

冬の陽に頬を晒してゐるざくろ信仰をうちに負ふもののごと

体幹の見えぬところに樹も人も傷を負ひたる心かくまふ

行き先のいまだ記されざる船か寝《い》ねむとするに胸を離れず

この国の老若男女おほよそは眠りに就きゐむ沓《くつ》を履かずに

難民となるため歩く日日ありき難民キャンプの少年ムヤンに

ただひとり向かふ鏡は黒暗の陸地のごときわれを映しをり

北からの風吹きおろしてくるけふを一葉一花いのちするどし

陽のいまだ差さぬ凍て道踏みてゆく足音のみがわれを離さず

無きほどの差と言はるれど五十歩と百歩のちがひわが足に知る

両翼は冬のひかりの対義語《アントニム》落葉樹へと移るひよどり

風さゐさゐしく吹きぬける林間にまぎれて有間皇子の眼差し

飴色に伸びちぢみする夢空間あゆむに千年先の化野《あだしの》

夢にても表情けはしわが顔にわれは昭和の化粧をなして

たちまちに火の時は過ぎ水の時へと入りてからがまことの時間

醒めてなほ心がほめきてゐるやうな滞空時間ながき夢みむ

いかやうに流れるとしても歌の川ちんしもくかうする鷺を置く

埃及《エジプト》の古代女王の目にまさる椿に椿の歌に雨降る

旅先にてふと目にしたる朝焼けの心延へもて〈我《われ》〉を生きむか

樹の都合などかまはずに咲く花の天衣無縫を樹も待ちてゐむ

星のアリア

遠街にひと日身を置きわがこころ火のにほひ風のにほひを恋ふも

実の古りて房をはなれてゆくぶだう集合離散を世のつねとして

わが孤独ひとの孤独とまじはらず駅の地下街あゆみつづける

くるぶしに冷えた空気をまつはらせ如月の汽車を待つ都市の底

胸底にをさめておかむこのままに声にいださば気化せむこころ

揺られつつ帰路の電車に瞑る間《ま》にいくつの水脈《みを》のわが身をよぎる

あつまりてやうやく海の青となる水のさみしさ人に劣らず

群れなすと見えて一葉《いちえふ》づつ在りぬいのちのかぎり霜のあしたを

散りたりとゆふべ惜しみし瓶の薔薇このあさ生《なま》の塵芥《ごみ》として出す

彼方から楽《がく》聞こえくる風の日のわれの身めぐりこゝろ消えやすし

硝子器の割れた欠片の土に照るマルセル‐プルーストの眼のごとく

過剰なる愛のゆくすゑ思はせるザッハートルテを舌にのせるに

冬深く身を燃やしつつうたひゐむ星のアリアを聴く芯冷えて

神の吐く息のごとくに朝靄のかかりてゐるにわが身を浸す

先史有史を

内なるを見つめむとするこの朝を影落としゆく浪漫派の雲

瞑りたるわれなる岸に波の寄す須佐之男のごとまさびしき波

夜の更けに吉野へ放つ『前登志夫全歌集』のうへ這ひゐる蜘蛛を

魚を裂く刃物の先の鈍き照りいづこの宵をいかづち走る

加減には心しながらわがゆびに摑みいだせり春のはらわた

ものの葉に風の触るる日ちちははの最後の餐をふいに思へり

つねならぬ張りつめた日日にやよひ来て椿を咲かせ火の神ねむる

永遠のときをきたりてをさなしと射す星あかり先史有史を

遥かの世界

いつよりか海に降りざる陸封魚やまめのやうに少女子《をとめご》のをり

どことなくやよひをとめの面差しに縄文の心もちたる少女

声を聞くたびにわれへと伝はりてくるをとめごの心の切れ端

前向きに力を抜かずをとめごを育てて吾子のふかく泥める

晴れわたる冬空の見す速贄となりて下がれるわれの心を

百舌のこゑ少なきときも多き日も受話器より聞くいのちの声を

うろおぼえなる歌詞をハミングにて歌ふやうにはゆかぬか一度きりの生

臓《ひかがみ》の中に在る〈かがみ〉わたくしの目には入らぬ何を映せる

窓枠のなかなる空のひしめきてつながらむとす未来の青と

み冬づく窓辺に置かむ深く澄む空の色せる幻想の壺

冬はつとめて耳をやしなふ幻想の壺の発する声を聞く耳

隠るるを好むやさしき山棲みのわけても登志夫のまた史の鬼

夏童子〈嵐〉去り母の好みゐし冬童子〈KinKi Kids〉残れり

目薬のはじめのいつてき眼球に落ちてしんとす脳の中まで

銀漢のこちらの岸をすこやかな足裏を見せターンをなせり

出身地るりのいろせる遊星と記す日の来む遥かの世界

火のごとおもふ

一巻の経文ほどの嵩とならむ虎の孤独を文字に起こさば

わが母にははを亡くしし七歳の冬のありしを火のごとおもふ

いのちもつかぎりは登る胸突き坂よき親よきパートナーの顔にて

蜜柑の皮、桂皮、山椒、朮《をけら》、丁子、防風、桔梗　酒の七草

嗅覚は花の香のみを選べずに何の朽ちゆくにほひかひろふ

白の女神

みちのくにちなむ名まへをもつ人よつつしみてきみと火を交換す

雪になるまへの豊かな夜の深さ百合根煮てをり火を離さずに

樋よりかしづくする音聞こゆれど虚空はすでに雪へとかはる

三月の真水を掬ふいまは亡き母に化粧をせし手のひらに

わが知らぬ時世《ときよ》をしたたりくるごとく雪解けのしづく大地を打てり

されどなほ忘れてはならぬとひとつだけ蠟燭ともす三月の祈り

手にシャボン泡立て洗ふしばしばもシャボンを手もて洗ふしぐさに

検温に額を差し出し精神の髄を抜かるるごとく佇む

後の世の目に今はいかに映るのか百年前を今宵おもふに

かへりみる夜半に落葉しきりにて大過去小過去われをいざなふ

夜をこめてノン‐レム睡眠つづけゐる大地となるか冷えのまされり

おだやかな眠りにつかな体《たい》を伸べわが枝《え》に鳥をあそばせながら
ほほゑみは林を抜けて沼を過ぎ父祖の生まれし地《つち》へと向かふ
枝先よりひかりのこゑをふらせつつ辛夷はなれり白の女神と

花の樹下あゆむかたへを声のみに駆けぬけてゆく若き日の母

忘れ得ぬ死者を語りて何度でも出会ひなほさむわたしは死者と

その刹那

シブサハと聞くに龍彦をまづおもふ栄一は札《さつ》の顔となるとも

高岳親王の実に虚を貼りあはせ『高丘親王航海記』を読む

親王に真如と成りし縁《えにし》あり道ひらけたり唐天竺へ

親王の喉につかへゐし真珠玉だれの夢なる床《ゆか》にころがる

その刹那たしかに心うごきたり大切にせむ思ひちがひも

行先の無きさびしさを鎮めむと石を据う根をしかと下ろせよ

ほつほつと枝先に見ゆる花の黄《きい》ともるのではない灯してゐるのだ

一日のをはりのまへに月光のいろの余白がわたしを生かす

水位

駅までの道にあんずの花咲けり吟遊詩人といふ選択肢

竪琴の弦のあひだにほんたうの心あるゆゑときをり軋む

それぞれの水の一途さ滝となり吾《あ》に言ひつのるをとめごと母

刻こくとまよひ深める心への天啓となれうぐひすの声

赤く赤く咲くさるすべり納得のゆくまで心しづまるまでを

ひとつとして同じきは無きうつさうの繁りの中に命かがやく

若葉なす朝のひかりにモーツァルト白雨きたらばラフマニノフを

ひんやりと木槿のひらき枝の先おもひを遂げたるやうに黄揚羽

百合の香《か》のごと耳もとを去らぬこゑ孤《ひと》りへと還りつくになほさら

銀河とは苦《にが》き思ひをはふる場と信じはじめて胸やすまらぬ

この朝の少女の心のびやかに生きむとしつつ何をためらふ

運命に逆らはれずといふ声に生まれたりしか曜変天目

消えさうになりながらなほ燃えあがる炎の芯あり臍《ほぞ》のあたりに

ああやつと蝶が飛んだねをとめごの心の中に広がる森に

いちにちの時《とき》の間《ま》にふとあらはれる機の熟したる果実のこころ

張りつめた水位をいくぶん調節し今日を在るのもわるくなからう

大いなる手に生かされてゐる時間いきてつたなく楕円をゑがく

ひぐらしの声の奥から伸びてくる記憶を引き出ださうとする手が
おだやかに過ぎし日日かと思はせるcanon《カノン》進行のchord《コード》のひびき

飛花の気配

Someday と未来にぽんと置かれたる時《とき》を心にはつなつを行く

夏のあめ速度を増せり残像に一つ咲く花亡母《はは》と分けあふ

ゆふがほの白にかがめばわが内にまなこひしめく見知らぬまなこ

西に向く窓に見てゐた乙女座のスピカが好きと少女の語る

みんなみに北に東に星あるも少女の窓は西にのみ向く

ユダの身に芽生えし邪心えんえんと変異をくりかへして世に巣くふ

羊歯の葉にこびりつきたる胞子《はうし》嚢《なう》集積回路のごとく艶《なま》めき

デジタルの世に生きる子らアナログの微妙な力加減に苦しむ

どの夜も明るすぎるし冥《くら》すぎる匿名性の高き闇にて

もくもくとゆくべき場所へそれぞれの液晶画面に映れる空と

いかやうな修飾語のつく巡礼者われならむ秋の散歩路のうへ

両翼に黒の張りつむ吹く風に退《すさ》りてなほも向かへるときに

生は死を死は生をいつくしみながら落葉《らくえふ》のまへのしづけさにゐる

字面のみ似かよふならず基地と墓地飛花《ひくわ》の気配の濃きところにて

声も無くいつまでも庭を離れざる雉鳩きみはいったい誰だ

漱石の綴りし〈こころ〉身に深くをさめる夜なり冬に入りゆく

荒野をめぐる

咲き満つる白玉椿陽《ひ》のひかり月の光を身にたくはへて

冬空の欠片が耳に入りてから澄みとほるなり声が体に

手ざはりのやはらかき茶のペンケース選びたまへるみ心に触る

わが少女いつか思ひみよパンデミックに閉ざされてゐし七歳の夏

うぶすなを剝がされ袋に詰められたる土にまじりてゐむ花の種

感情のうつは言葉の器《うつは》なる人ゆゑやさしく毀れてしまふ

枯れはててなほも視力を失はぬあぢさゐならむわれを視てゐる

鎮魂は世紀を超える朝に夜《よ》に遊星に蒼さわぎてやまず

びる街の明りとどきて篆刻《てんこく》の施されたり冬木の肌に

筋力や胆力が要るおもむろに息をととのへ所作を為すとき

かたくななこころにて冬の芯をなし橡《とちのき》の立つ枝をはらはれ

友としてわたしに会ひてみたくなる暈のかかりてゐる月の宵

何も問ふなかれアストル - ピアソラのタンゴの音色のごと百合の咲く

シャーベットを匙にくづして取りはらふ eroticism と Erōs のさかひ

色づく実目守《まも》りて高きさへづりか荒野《あらの》をめぐるわれの思考は

いささかの燦を見いだす身を縛り心さいなむ寒さの日にも

憤死はた客死《かくし》を遂げるも生き方のひとつなるべし星ふるへる夜《よ》

冷えびえと世阿弥のからだ飾を去り〈無心無文《むもん》〉の奥処《おくか》に今も

苦しみや痛みをこころの知るゆゑに無心となれるひとときをもつ

あめつちにひとりを生きてみづからに応へるやうにらふばいの黄《きい》

祈りとはこの世に残されたる人を救ふすべかと合はす手のひら

声にせぬ一つひとつが言葉なりひかりの粒《つぶ》のまなこに沁みる

あとがき

『ひすいの時間』は『一心の青』に続く第五歌集です。二〇一六年夏から二〇二二年早春までに詠んだ作品、四五四首を収めました。歌集を編むに際して作品の発表順とは異なる収載順としました。

二〇一六年七月に母が亡くなり、夫の両親と私の両親の四人を見送ったことになります。過ぎ去った時間の嵩を考えたときに、父祖が懸命に生きてきた日日、歩んできた時代を自分自身に深く問いかけてみたいという思いが強くなりました。

二〇一四年に生まれた孫は八歳の少女となりました。少年や少女の目に、この世界は時として奇妙で不可思議な姿を晒しているのではないかという思いに駆られます。COVID-19によるパンデミックを経験した世界ですが、今なお一人ひとりの命を慈しむ方向に向かっているとは言い難い現実があります。しかし、それでも希望を絶やさず、少年や少女自身にとって真に掛替えのないものを見いだしてほしいと祈っています。

歌集名は、

胸元に飾らむとしてゆびは触る翡翠のもてるひすいの時間

から取りました。歌に関わる時間は私にとって、大切な「ひすいの時間」です。

結社誌「朔日」に二〇一五年一月号から会員が隔月にて連載してきた一首鑑賞を、『白秋・修・喬』として一冊に纏めるにあたって編集を務めさせていただいたことも、貴重な「ひすいの時間」でした。

常に親身にご指導してくださいます「朔日」短歌会の外塚喬代表に心より深謝申し上げます。温かく見守ってくださる宮本永子様にも感謝いたしております。先輩方や同世代、若い仲間の存在にも励まされています。

上梓にご尽力くださいました角川文化振興財団『短歌』編集長の矢野敦志様、本歌集を担当してくださった吉田光宏様、装幀の片岡忠彦様、スタッフの皆様に厚く御礼申し上げます。

二〇二二年初夏に記す

寺島博子

著者略歴

寺島博子（てらじま ひろこ）

1962年　宇都宮市生まれ

歌集　『未生』『白を着る』『王のテラス』『一心の青』
評論集『齋藤史の歌百首　額という聖域』
　　　『葛原妙子と齋藤史 「朱霊」と「ひたくれなゐ」』

「朔日」短歌会　編集委員・選歌委員
現代歌人協会会員

歌集　ひすいの時間《じかん》

朔日叢書第118篇

2022（令和4）年9月2日　初版発行

著　者　寺島博子

発行者　石川一郎

発　行　公益財団法人　角川文化振興財団

〒359-0023　埼玉県所沢市東所沢和田3-31-3

ところざわサクラタウン　角川武蔵野ミュージアム

電話 050-1742-0634

https://www.kadokawa-zaidan.or.jp/

発　売　株式会社　KADOKAWA

〒102-8177　東京都千代田区富士見2-13-3

電話 0570-002-301（ナビダイヤル）

https://www.kadokawa.co.jp/

印刷製本　中央精版印刷株式会社

 ISBN978-4-04-884488-8　C0092